AF591867

LETTRE D'UN GARÇON DE CAFFÉ AU SOUFFLEUR DE LA COMEDIE DE ROUEN, SUR LA PIECE DES TROIS SPECTACLES.

(Par J.-B. Dumas d'Aigueberre)

A PARIS

Chez TABARIE, Quay de Conti, à la descente du Pont-Neuf.

M. DCC. XXIX.

Avec Approbation & Permission.

LETTRE D'UN GARÇON DE CAFFÉ AU SOUFFLEUR DE LA COMÉDIE DE ROUEN, SUR LA PIECE DES TROIS SPECTACLES.

ONSIEUR,

Je suis charmé de l'occasion favorable que vous me donnez

[a] Spectat. François. de faire *sortir* [a] *mon esprit de sa coquille*. Vous voulez sçavoir, dites-vous, mes sentimens sur le *Phénomene* [b] *Dramatique* qui a si long-tems occupé, ce mois passé, le Théâtre François; vous ne pouviez me faire plus de plaisir que de vous adresser à moi pour satisfaire votre juste curiosité. J'ai depuis quelques jours un prurit & une démangeaison d'écrire qui m'avertissent que le terme de mon apprentissage approche, & qu'il y a assez longtems que je suis auditeur tranquille *des* [c] *Charivaris spirituels* qui se font dans notre célébre Caffé. J'espere, avant qu'il soit peu, me mettre aussi sur les rangs. *Disserter* [d] *chaudement, en esprit consequent & discipliné, & faire valoir les privileges bruyans de ma poitrine inalterable. Je pourrai prendre alors des airs*

[b] Fab. nouv.

[c] Spect. Fr.

[d] Dictionn. Neol.

d'importance momentanée, & *faire marcher les respects de l'ignorance à ma suite*; mais je veux *sage* [a] *temeraire* m'essayer auparavant, & je crois à propos de ne *me* [b] *regaler qu'incognito du plaisir de décider, en attendant que mes Lettres de bel esprit soient scellées.* Vous entendez, Monsieur, que *j'implore* [c] *le secret*, & que je ne vous écris que dans la confiance que vous ne *divulguerez* [d] *pas mes ébauches.*

[*a*] Odes nouv.

[*b*] Spectat. Fr.

[*c*] Inès de Castro.

[*d*] Discours famil. du Caffé.

La Piece dont il s'agit est composée [comme vous ne l'ignorez pas] d'un Prologue, d'une Tragedie en un Acte, d'une Comedie aussi en un Acte, & d'une Pastorale assez courte. Je vous avouë d'abord que je n'ai pas vû joüer cet AMBIGU HEROI-TRAGI-COMIQUE. J'ai apprehendé que les charmes seducteurs de la representation, *ne jouassent* [a] quelque tours *de souplesse à mon jugement*, & ne *missent mes lumieres en échec*. D'ailleurs [b] *mes grandes & importantes occupations ne* me laissent presque aucun loisir dont ma curiosité *puisse* [c] *percevoir les émolumens* ; mais j'ai supléé à ce défaut par plusieurs *lectures* [d] *très reflechies* de la Piece, & voici les remarques qui se sont *offertes à ma conception*. *Si* [e] *j'abandonnois mon esprit à son geste naturel*, je prouverois d'abord *indisputablement* par les plus *lumineux* raisonnemens, que l'idée du Prologue est fort peu de chose en elle-même, & qu'il s'en faut beaucoup qu'il ait *l'achevement* [f] *necessaire & le* [g] *perfectionnement requis*. On y trouve partout de *visibles* [h] *negligemens*

[a] Spectat. Fr.

[b] L'Auteur du Dictionnaire des Arrêts sur le mot *Chaillot*, apprend a Public que ses *grandes & importantes occupations* l'avoient empêché d'aller voir representer une jolie Parodie intitulée Agnès de Chaillot.

[c] Hist. Rom.

[d] Spectat. Fr.

[e] Dict. Neol.

[f] Préface de la traduction des Eglog. de Virg.

[g] Memoire pour diminuer le nombre des Procès.

[h] Relig. prouvée par les faits.

de pinceaux, rien que de fort commun, & à l'exception d'une ou deux *pensées* [a] *un peu saillantes*, le reste vaut à peine la chandele qui éclaire. N'est-il pas en effet fort rejoüissant pour un Public, de voir *six ou sept individus tant mâles que femelles, qui semblent avoir* [b] *fait bourse commune de puerilités, de fadaises & de platitudes*, débiter précieusement un verbiage mille fois rebattu, & qui n'est [c] *saupoudré d'aucun sel*? un parterre n'est-il pas bien regalé d'être témoin d'une conversation ennuyeuse qui aboutit à faire prendre à un des interlocuteurs le parti de la Tragedie, à l'autre celui de la Comedie, au troisiéme celui de la Pastorale, afin qu'un quatriéme pour faire cesser cette embarassante perplexité, vienne proposer par forme d'accommode-

[a] Discours familier du C.

[b] Fab nouv.

[c] Pré des Poësi Div.

[a] Disc. fam. du C.

ment le judicieux & admirable expedient de faire un [a] *salmigondis des trois Pieces*, & de les joüer toutes ensemble. *Rare & sublime effort de l'imaginative!* qui emporte aussi-tôt les suffrages & attire les loüanges délicates de l'Assemblée critique. Mais c'est trop m'arrêter sur *ce debut*, que j'appellerois volontiers le Cadet de ceux de ce mois. * Passons à la Piece, elle nous dédommagera peut être du peu de satisfaction que donne le Prologue.

* Les débuts, aux C. Italiens.

Son *debut* est noble, c'est une Tragedie en un Acte intitulée Polixene, sujet tiré de la Metamorphose déja traité; mais jamais comme aujourd'hui. Quoiqu'il en soit, ce n'est pas se *livrer* [b] *à l'arbitraire des conjectures*, que d'avancer qu'une brieveté si singuliere dans une Tragedie, n'a été du goût *de personne* [c] *quel-*

[b] Relig. Pr. par les faits.

[c] Spect. [illegible]x.

conque. Je ne m'en étonne pas ; mes oreilles ont retenti cent fois qu'il est vrai que le Comique veut être *assené* ; mais que comme il est certain que l'interêt étant l'ame d'une Tragedie, cet interêt *se trouve* [a] *gêné & n'est pas assez à son aise* dans un étenduë de trois cens vers faisant un Acte ; il s'ensuit qu'il veut être amené de loin, & qu'il faut une multitude de circonstances pour lui donner *du vif* & l'échauffer. Il faut ensuite le faire *filer peu à peu*, & qu'il croisse petit à petit *jusqu'à l'infini inclusivement* ; or tout cela peut-il trouver place dans le court espace d'un Acte ? On est necessairement obligé de *mettre en presse* son action quand on a si peu de terrain, le cœur n'est alors [b] *qu'effleuré & égratigné, l'interêt est étranglé, & meurt si-tôt qu'il est éclos*, &

[a] Mem. de Trevoux Janvier 1726.

[b] Disc. fam. du C.

l'on encourt infailliblement *la disgrace* [a] *de l'imagination* des Auditeurs, parce qu'on la fait voler trop rapidement sur une quantité d'objets, sur lesquels on ne la laisse pas reposer. Tel est le défaut essentiel de cette Tragedie qui est d'ailleurs *assez* [b] *gratiable*; en effet elle est [c] *hardiment sentimentée*, *sensément dialoguée*, elle a les situations *plaisamment* [d] *formidables*, *qui modifient tendrement le cœur & l'agitent* [e] *par des secousses agréables*; mais qui n'ont pas assez de durée. On y trouve même de *précieux* [f] *lambeaux*, témoin celui où l'Auteur *impugne* la crédulité populaire *avec sept ou huit Vers* [g] *luisans qui jettent assez de lumieres*, les voici.

[a] Spectat. Franç.

[b] Spect. Fr.

[c] Dict. Neol.

[d] Fabl. nouv.

[e] Disc. fam. du C

[f] Préf. de l'Hist. Rom.

[g] Lettre d'un Savoyard.

Qui ne sçait que le peuple ami du merveilleux,

Se plait à consacrer mille bruits fabuleux.
Que souvent il croit voir renverser la nature,
Lorsqu'on offre à ses yeux qu'une vaine imposture
Et qu'en ses visions pleine d'obscurité
Rien ne doit étonner que sa crédulité.

Vous y trouverez aussi *des* [a] *Adages*, entr'autres celui-ci. [*a*] Fa nouv.

Et c'est servir les Dieux que d'obéir aux Rois.

Sans parler d'une infinité d'autres *agrémens*, [b] qui, quoiqu'un peu *subalternes*, font cependant juger que l'Auteur est [c] *loyalement pourvû de cette capacité de sentimens qui met un Poete sur la voye lactée des idées les plus amiables*, & des tours les plus *simpatiquement relatifs à la complexion de nos cœurs.*

[*b*] Spec Fr.

[*c*] Ibid

Vous voyez bien, Monsieur, que je n'éxerce ma Critique, que [a] *candidement & en* [b] *homme pur de prévention.* C'est pourquoi je suis obligé de vous dire encore pour rendre justice à la verité, que quoique je sois dans le sentiment de ceux qui disent qu'un Poëte n'est pas *une flûte* [c], je ne puis m'empêcher de sçavoir bon gré à l'Auteur de sa versification coulante, harmonieuse, mâle, énergique. Eh! qui pourroit être insensible aux [d] *irresistibles graces* des Vers suivans.

[a] Dict. Trev.
[b] Spect.
[c] L'Auteur des Fables nouv.
[d] Dict. Neol.

Et fixe ses regards sur tout le Camp
tremblant ...
Se peut-il que l'amour ait surpris
votre cœur,
Qu'auroit dû mieux défendre une
juste douleur ....
Non, Ægine, jamais dans un cœur
on n'a vû

Regner tant de tendreſſe avec tant de vertu ....
Je ſens mes maux s'accroître, & ſouffre d'autant plus,
Que des tourmens ſecrets où mon amour m'expoſe,
Je ne puis lui conter la veritable cauſe.
L'horreur regnoit dans Troye & de flames couverte,
Cette Ville ſuperbe approchoit de ſa perte .....
Se peut-il ...
Que je reſpire encore tandis que l'on a pû
Oſer impunément douter de ma vertu ....
Ce n'eſt plus déſormais une ingrate beauté
Qu'un malheureux amant haï, perſecuté,
Veut pourtant proteger en dépit d'elle-méme.

Admirez sur tout la richesse des rimes, l'harmonie des consonances, comme *Camp tremblant, &c.* & si ce n'est là qu'un échantillon qui doit faire juger du reste, qui est pour le moins à peu près de la même force. Par exemple, à quelque obscurité près, peut-on rien de plus emphatique que ces deux Vers que dit Pirrhus.

Je cours [dit-il]
Défendre contre lui les droits des immortels,
Et forcer les Tombeaux d'obéir aux Autels.

Certes on peut dire que l'Auteur a beaucoup de lecture, & qu'il sait se rendre propres les fines pensées de nos meilleurs Poëtes. Je remarquois, par exemple, l'autre jour un Vers tout ſemblable dans le *Poëme de Cartouche*, qui étoit pour le moins un Pirrhus en courage. *Allons* [dit aprés ſa mort l'un de ſes compagnons,]

Allons à ce Heros
Attendant des Autels élever des Tombeaux.

Je vous avouë que j'ai été enthouſiaſmé de ce raport, & de l'adreſſe avec laquelle l'Auteur a ſurpaſſé ce modele; c'eſt auſſi avec regret que je me ſuis apperçû qu'il y avoit ſubſtitué ces deux autres Vers, quoique vraiment riches & pleins de charmes.

Je cours
N'obéir qu'à ma flâme & plein d'un feu ſi beau,
De l'Hymen ſur ſa tombe allumer le flambeau.

Mais quelque noble & quelque belle que ſoit la *conſtruction* [a] *ſonore* des derniers, les autres ſont infiniment ſuperieurs ; l'idée de ce conflict de juriſdiction entre les Autels & les Tombeaux, & *la docilité future* des Tombeaux, qui comme de raiſon, ſeront forcés de ceder aux Autels ; tout cela me paroît du dernier beau ; enſorte que je ne puis aſſez m'étonner qu'il y ait eu *des génies* aſſez *infortunés* pour *diſputer* [b] *leur eſtime & leur admiration* à des *beautés ſi ſeduiſantes & ſi captieuſes*. Mais il eſt difficile qu'il n'y ait des goûts bizarres ; parce *que preſque perſonne ne reſte dans la ſingularité d'eſprit qui lui eſt échûë.*

[a] Dict. Neol.

[b] Spect. Fr.

Eh Meſſieurs c'eſt orgueil & non délicateſſe.

Vous êtes ignorans, ſoi diſant connoiſſeurs . . .

Doutez morbleu, doutez, car vous
ne sçavez rien ...
Vous n'avez la plûpart qu'un très
petit cerveau,
Où voltigent quelques idées ....
Qui ne sont pas du vrai l'infaillible
flambeau.
Croyez qu'il est des yeux aussi bons
que les vôtres,
Dites vos jugemens, mais ne soyez
pas fous
Jusqu'à vouloir y soumettre les
autres. *

* En differens prolog. des Fables nouv.

Je m'emporte, Monsieur, mais aussi cette impertinente Critique, qui veut trouver tout ***mordable*** [a] ***me met hors de gonds***. Par exemple, j'ai vû des Censeurs qui taxent Pirrhus de fanfaronade, sur ce que dans la premiere douleur de la mort de Polixene, on croit tout bonnement qu'il va se poignarder, mais

[a] Dict. Neolog.

il se ravise après, & le tout pour punir la Grece, à ce qu'il dit : On se récrie là dessus ; mais ne voilà-t-il pas un grand malheur? C'est tout au plus un petit goût de terroir des rives de la Garonne. L'Auteur qui en étoit, dit-on, comptable à sa Patrie, *selon le Prologue* * lui paye en passant ce petit tribut. Quoi de mieux ? & doit-on regarder cela de plus mauvais œil dans un Ouvrage, qu'un accent dans le langage qui n'a jamais *mis* [a] *au rabais* un discours bon d'ailleurs ? Pour moi je pense que si cet Auteur avoit fait sa Tragedie en cinq Actes, il *auroit servi* [b] *le Public à toute rigueur*. La conduite de la Piece est dans les regles des 24. heures, & de l'unité de lieu. La catastrophe n'est ni trop, ni trop peu *sanguine*, & les fureurs de Pyrrhus terminent le tout avec

* Pag. 4. lig 3. Prolog. des 3. Spectacles.

[a] Dict. Neol. Préface de l'Histoire Romaine

[b] Eloge de M. Guilelmini.

un fracas *bienſeant* au Cothurne. On objectera peut-être qu'il *chante goguette* à ſa Patrie d'une façon peu édifiante ; mais il faudroit n'avoir jamais aimé pour propoſer ſerieuſement une ſemblable [a] *frivoiité* de difficulté. il y a dix-ſept cens ans, & 4000 en ſus, que l'amour eſt en poſſeſſion de *terraſſer* toutes les autres paſſions, *omnia vincit amor*, dit le Cigne de Mantouë, auſſi Corneille, le fameux Corneille dans ſa Tragedie des Horaces, a-t-il mis dans la bouche de Camille fille Romaine, des *apoſtrophes bien plus vigoureuſes* contre Rome, que celles de Pirrhus ne le ſont ici contre la Grece. Concluons donc que, tout bien examiné, cette Tragedie n'a gueres d'autre défaut que celui d'être trop courte, & ce reproche eſt *honoraire* ſans contredit pour l'Au-

[a] Di[c] Neol.

teur. Combien en est-il dont l'humilité s'accommoderoit d'une pareille censure ? Passons maintenant au Comique.

Le sujet de la Comedie est un *Anachorete de Beelzebub*; c'est-à-dire un Avare [a] qui tombe amoureux de la fille d'un autre Avare. Il hésite quelque tems entre [b] *le fardeau des graces nobles & imposantes qui décorent la figure de sa Maitresse*, & la crainte qu'elle ne soit d'une humeur [c] *couteuse* & dépensiere. La suivante qui est dans les interêts d'un autre Amant, employe toute sorte de ruses pour traverser [d] l'*Hymenée*, & vient à bout par la [e] *fréquence des stratagemes dont son esprit accouche de moment à autre* [f] *de le mettre en désarroy*. Ce *fonds assez joli de lui-même, est orné & surpassé par la broderie* [g] *qui le décore*. Il est semé de beau-

[a] Selon les Fab. nouvelles.

[b] Spect. fran.

[c] Hist. Rom.

[d] Dict. Neol.

[e] Hom. univers. de Baltaz. Gr.

[f] Dict. Neol.

[g] Pref. de l'Histoire Rom.

coup de ſaillies & de traits facetieux qui exercent *des droits légitimes ſur la faculté riſible des lecteurs* & [a] *revendiquent imperieuſement leur approbation.* C'eſt dommage que la Piéce pêche dans un des principaux caracteres. C'eſt celui de Valere que j'ai en vûë. L'Auteur en a fait un *migdoüille* & un [b] *douceâtre* qui ne ſait *pas dire une tendreſſe à propos,* ou qui l'a dit de ſi mauvaiſe grace qu'on eſt tenté de juger temerairement de la [c] *ſagacité* d'une fille, qui malgré ſon fonds d'eſtime pour le *corps reſpectable des Mouſquetaires* [d] a fait choix d'un Amant ſi tranſi. Il y a encore *une petite bagatelle* qui a [e] *offuſqué la ſatisfaction* que j'ai pris a lire cette Comedie. C'eſt l'impertinent galimathias que font Argante & Geronte en parlant tout deux enſemble dans

[*a*] Dict. Neol.

[*b*] Hom. univerſ. de Baltaz. Gr.

[*c*] Hiſt. Rom.

[*d*] Les 7. Spect. voïez p. 31.

[*e*] Trad. des Georg. de Virgile.

la Scene XVIII. qui eſt cependant la Scene du dénouëment. Je ne conçois pas qu'il puiſſe [a] *réſulter rien de perceptible à l'ouïe* d'un ſi étrange Duo. Comment peuvent-ils s'entendre l'un l'autre? Cependant la ſuite fait voir qu'ils ſe ſont compris à merveilles. Je m'y perds. Quelque choſe qu'on puiſſe dire il y a là du *qui-pro-quo*. C'eſt ce que je vois en effet tous les jours dans le docte Caffé où après mes effuſions diſtribuées [b] *mes yeux ingenieuſement diſtraits* examinent tout ce qui ſe paſſe. Tous les jours il s'y trouve des Sçavans du premier ordre, gens accoûtumés à entendre à demi mot. Neanmoins lorſqu'ils ſe mettent à *diſerter* & controverſer pluſieurs enſemble, & qu'ils parlent tous à la fois, (ce qui n'eſt helas trop ordinaire,) l'entretien devenant preſque une lutte,

[a] Relig. Pr. par les faits & Dic. Neol.

[b] Recept. de Mathanaſius à l'Acad. Fr.

ils ne ſçavent plus ce qu'ils diſent & ils ne s'entendent pas eux-mêmes. Il faudroit donc ſuppoſer ici que nos deux Avares euſſent ſeuls un [a] *privilege excluſif & incommuniquable à tout être borné.* Malheureuſement de pareilles hipoteſes ne s'admettent pas gratis *&* *de legere.* [b] Ce défaut de vrai-ſemblance ſeroit facile à réparer, j'en conviens. Il n'y auroit qu'à remettre les choſes dans l'ordre naturel, & les faire parler tour à tour. Je ſens bien que le galimathias en queſtion a été fait de propos déliberé pour faire rire, par un burleſque baragouinage ; mais c'eſt en ce cas que le Poëte ſera plûtôt [c] *un cornet à bouquin* qu'*une flûte*, & rire d'une pareille farce n'eſt pas *rire en regle :* & quel honneur revient-il d'un * *ris illegitime & uſurpé? la serioſité* reprend tôt ou

[a] Dict. Neol.

[b] Relig. prouvée par les faits.

[c] Voïez Dict. Neol. ſur le mot de Flûte.

* Mot Acad.

tard ses droits & reprouve *ces ponpons* qui deshonorent plûtôt [a] *la coëffure de Thalie*, qu'il ne la parent. Au surplus ce petit opuscule est richement [b] *émaillé d'utile-beau*, d'agréable, de *convainquant*, de gratieux, & de croustilleux; il n'y a pas jusqu'aux noms des Notaires, Mr. Subtil & Mr. Courteligne qui sont très-heureusement *étimologiés*, & [c] *l'intelligence m'est venuë* qu'il falloit que l'Auteur eût une [d] *surabondance*, *une exuberance & un superflu de Comique*, pour *jovialiser* ainsi les plus petites bagatelles, & une *fertilité d'imaginative* la plus heureuse pour trouver un préparatif aussi [e] *admirablement insolite* que celui des doubles cinquantes mille écus. C'est donc avec justice qu'on a dit & que je crois pouvoir assurer qu'en general, cette

[a] Lettre d'un Savoïard.

[b] Odes nouvelles.

[c] Dict. Neol.

[d] Rep. du Doyen au disc. de la recept. de Mathan.

[e] Dict. Neol.

cette Comedie eſt bonne, toute *écourtée* qu'elle ſoit, par la raiſon que nous avons déja dite, que le Comique veut être *aſſené*; principe qui ſert avec raiſon de baſe & de régle à nos Auteurs Comiques, ou ſi vous voulez à nos Comiques Auteurs.

Voyons ſi le genre Paſtora- [a] *& agreſte* a été auſſi favorable aux talens de notre Poëte. [a] Hiſt. Rom.

Je commence, Monſieur, par vous avertir que la forme & le fonds de la Paſtorale ſont de pure [b] *création Poëtique*; auſſi le deſſein & la conduite en ſont-ils aſſez défectueux. Le dénouëment en eſt *trop precipité &* trop rapide, l'intrigue promet beaucoup plus qu'elle ne donne, & l'on eſt tout étonné de voir qu'un *début* aſſez riant *tourne* tout-à-coup [c] *en eau de boudin*. Le retour ſubit de Palemon, que

[b] Fabl. nouv.

[c] Dict. Neol.

Pan apprehendoit ſi fort, pouvoit & devoit engendrer des Scenes très-comiques entre les *Bergers doubles* ; n'auroit on pas dû, par exemple, mettre [a] *le Paſtre* aux priſes avec le *Dieu Silveſtre* au ſujet de *l'amphibologie des viſages* dont *ils ſe trouvent porteurs* [b] cela n'auroit-il pas produit un éclairciſſement facetieux & groteſque? que de *gentilleſſes* [c] *eſcamotées à notre avide curioſité* ! Mais cette omiſſion n'eſt qu'une pecadille en comparaiſon de l'incongruité du caractere de Doris. Quel prodige de *felonie* que cette ingrate creature ! a-t'elle rien de l'innocente ſimplicité des Champs ou des Bergeres? n'y voit-on pas plûtôt une coquette [d] *à 24. Karats*, qui envoye inhumainement paître un *deſaſtreux Berger*, ſans égard pour la douleur, qui [e] *bouleverſe tous les traits de ſa*

[a] Hiſt. Rom.

[b] Spect. Franc.

[c] Traité du bonheur. Dict. Neol.

[d] Fabl. Nouv.

[e] Spect. F.

phisionomie à l'aspect de l'heureux Pan ? douleur pathetiquement exprimée dans ces vers ;

Loin des lieux où l'on vient de ravir votre foy
Je vais pleurer un bien qui n'étoit dû qu'à moi ;

Mais elle est sans pitié la cruelle, [a] la divinité l'absorbe & la fait effrontément [b] *passer pardessus le respect des convenances*. Pan n'a pas encore ouvert la bouche pour implorer le pardon de son [c] *equipée* (j'ai pensée dire de sa friponerie) qu'il éprouve sa grace. Pardonnez, dit le Dieu, & il n'a pas achevé, que la *Donzelle bocagere* interrompt: Je pardonne dit-elle, & peu s'en faut même qu'elle ne le previenne. Mais quoi ? Pan est un Dieu & de plus le Dieu des Bois , il lui tarde

[*a*] Ver de Roland Trag.

[*b*] Pre d'Inès d Castro.

[*c*] Hist Rom.

qu'elle ne ſoit *diviniſée*, & morbleu que n'ai-je brevet de bel eſprit, je dirois hardiment; car on le voit, elle brule d'être *empanachée*. Cette même beauté qui avoit [a] *joué juſques-là l'inſenſibilité & l'indifference* eſt tout d'un coup *aſſouplie* [b] *& dociliſée* par ſa vanité & ſon ambition. Enfin ſa façon de faire, donne à juger que ſi quelque Dieu de plus haute volée venoit en ce moment lui offrir ſes ſervices, elle ne réſiſteroit pas longtemps à envoyer Pan paître avec Palemon.

[a] Fabl. nouvel.

[b] Mem. de Trev.

Oüi, pour moins que Jupin, elle eût planté
Pan là.

Vous ſentez, Monſieur, que c'eſt-là ſe belouſer dans toutes les formes; mais n'en ſoyez pas ſurpris, on ne pouvoit eſperer autre choſe de la part d'un Auteur qui confond les *mœurs bourgeoiſes avec les mœurs agreſtes*, juſqu'à mettre dans la bouche d'un berger ces étonnantes paroles.

Celui qui plaiſt davantage
N'eſt pas toûjours le mieux traité ;
Heureux l'Amant dont l'hommage
Flatte l'orguëil d'une beauté
Heureux l'Amant dont l'hommage
Fait triompher ſa vanité.

Les cheveux m'ont dreſſé, à la vûë d'une deſcription ſi diffamatoire & ſi ſcandaleuſe de l'amour champeſtre. Quoy, chaſte Diane, l'orgueil & la vanité décideroient au Village du bonheur des Amans [a] *tout comme ici?*

Dans des cœurs [b] *Paſtoraux ce crime eſt-il croyable?*

Et quand il ſeroit vrai qu'à

[a] Arlequin Empereur dans la Lune.

[b] Vers d'une Eglogue lûë dans une Seance publique de l'Academ.

force de ſerpenter, la contagion auroit paſſé de la Ville aux Faux-bourgs, & des Faux-bourgs aux Champs; l'Auteur auroit dû avoir la diſcretion de le diſſimuler; mais je me flatte que perſonne n'en croira rien; on aimera mieux condamner & la deſcription & le caractere de Doris, comme peu congrus, que de mal juger des Hameaux, où il eſt notoire que l'innocence & la ſimplicité ſont exilées & releguées par maintes Lettres de cachet ſignées Phœbus & contre-ſcellées par tous ſes Secretaires qui ont eû juſqu'à ce jour le département des Eaux & Foreſts. Quoiqu'il en ſoit, il faut convenir que le goût Paſtoral & Bucolique ne ſe reconnoît pas même dans le ſurplus de la piéce. Elle eſt légerement & [a] *copieuſement* verſifiée, le ſtile en

[a] Dict. Neol.

est [a] *verbeux*, quoiqu'il [b] *foi-blisse* assez souvent. Tout ce qu'il y a, c'est qu'on ne s'aviseroit jamais de prendre ce Poëme pour une Pastorale, malgré son titre, s'il n'y étoit parlé de Bergers, de Forests & de Bois, comme on n'auroit jamais pû, sans l'inscription, déchifrer l'idée de ce Peintre, qui ayant voulu représenter un coq l'avoit tellement défiguré qu'on fut contraint de mettre au bas en grosses lettres, *c'est un coq*. C'est ainsi que bien des gens s'imaginent avoir fait une Eglogue ou un Idylle, quand ils ont placé dans une piéce de sillabes rimées, des brebis, des chiens, des loups, des musettes, des hautbois, des cornemuses, des flûtes & des chalumeaux, & qu'il ont fait dire quelques sottises champestres à des Coridons & des Amarillis. Si cela étoit, rien de plus aisé à faire

[a] Dic. Neol.
[b] Mem. de Trev.

que de bonnes Paſtorales ; mais (à ce que ſoûtiennent certains de nos Meſſieurs, qui n'étant pas Poëtes, m'en paroiſſent d'ailleurs avoir plus de ſens commun, que ceux qui veulent être courtiſés pour tels,) il n'eſt rien de plus difficile qu'une bonne Eglogue. Et c'eſt je l'avouë par cette même raiſon qu'on ne doit pas ſçavoir mauvais gré à une Muſe naiſſante de n'avoir pas réüſſi d'abord dans un genre de Poëſie, qu'avant elle, des Muſes bien *experimentées* & bien célébres ont tenté inutilement d'attraper & dans lequel enfin ces mêmes gens de bons ſens, dont je parlois, prétendent qu'à l'exception de Segrais ſeul, tous les autres n'ont *fait que de l'eau toute claire, & ont* [a] *pris l'air pour toute chance*. J'en conviens donc, Monſieur, & j'avouë de bon cœur que les *eſ-*

[a] Fabl. ...vel.

forts même désavoués par les succès méritent toujours *le tribut* [a] *encourageant du cri de la loüange.*

[*a*] Ode nouvel. & traduct. du Heros de Gracian.

Ingrat *&* *discourtois* public, tu n'entends guéres tes veritables interests, quand tu refuses *de faire boire* à des jeunes Auteurs [b] l'*espoir à pleine coupe*, ne sai-tu pas que [c] *cette boisson exquise, met l'ame de ceux qui la goûtent dans sa façon d'être la plus délicieuse & la plus superbe*, & fertilise heureusement leurs esprits; mais tu ne peus *laisser-là ces* [d] *petits profits d'orgueil que tu trouves à chercher querelle aux mérites des belles choses*, & à faire le dégoûté souvent très mal à propos. N'a-t-on pas vû depuis peu ta mauvaise humeur proscrire un excellent ouvrage d'un Auteur *Métaphisicomique*, qui se vit réduit à captiver ta patience par une nombreuse escorte, en-

[*b*] Iliad. moderne.

[*c*] Spect. Franç.

[*d*] La même.

core n'en put-il venir à bout. Son infortunée Comedie [*] n'a pû supporter helas ! quoiqu'il pût faire [**], qu'une demi apparition ; ensorte qu'il n'eut d'autre ressource que de *confier à la presse le juste apel qu'il interjette à la posterité de toutes tes injustices*, comme a fait encore ingenieusement le judicieux Auteur de la *Mere rivale*. Je ne m'étonne point après cela d'entendre dire de tous côtés que *les grandes réputations sont posthumes*, & pour peu que ce préjugé (auquel tes capricieuses inégalités ne donnent que trop de poids) continuë *d'obseder les esprits créateurs*, adieu les beaux ouvrages. *Une paralisie universelle va engourdir pour un siécle au moins leur faculté generative, une moisissûre generale couvrira les belles lettres* : on ne verra plus de nouvelles piéces,

[*] Intitulée la nouvelle Colonie des femmes.

[**] La Garde fut doublée.

les Spectables demeureront déserts, nos Comediens seront contraints de recourir aux parchemins poudreux des brochures antiques de leur magasin, pour en tirer tantôt la *Medée de Longepierre*, tantôt le *Venceslas de Rotrou*, tantot le *Manlius Capitolinus*. Comme si nos modernes avoient besoin de voir Longepierre, & Rotrou ressusciter, pour y prendre des modéles, & comme si leur troupe n'en fournissoit pas d'excellens & de véritablement originaux. Qui sera donc le Perrault de nos jours pour vanger nos modernes contre ces anciens surannés ? ces injurieux procedés de la part des Comediens même m'ont paru mettre le comble à l'étouffement de l'émulation ; c'est un sinistre augure pour l'*essain bruyant* de toutes nos Muses adolescentes, & rien ne me paroît plus propre ou à les piquer d'honneur (Apollon, puisse-tu le vouloir) ou à les jetter dans le dépit; du dépit, dans le découragement; du découragement, dans la paresse; de la paresse, dans l'inaction, & de l'inaction dans l'ennui ou dans quelqu'autre genre d'occupation étranger aux Muses, & ensuite adieu nos Théâtres & tes délassemens, O ingrat Public!

Pardon Monsieur de cet écart, je n'ay pû resister à l'envie de vous témoigner mes allarmes sur un *danger si perilleux*, ce n'est pas que notre Auteur ait lieu de se plaindre de l'accueïl que le Public a fait à son essai. S'il n'est pas vrai, comme dit le Mercure de Juillet, qu'il ait *eu le plaisir de voir reünis tous les suffrages en sa faveur*, il a du moins eu celui de se voir *gratieuser* par des assiduités d'autant plus flateuses que les autres Spectacles n'ont rien épargné pour partager la foule & faire une diversion favorable de leur côté, & jusqu'à la derniere Representation, on peut dire que sa Piéce a été festoyée d'un plus grand nombre de Spectateurs que la Melpomene vangée, ou plûtôt *la Melpomene en pet-en-l'air* ne le fut à la premiere & seconde sur le Théatre de nos Italiens François. Mais ne prenons pas le change. Cette bonne volonté perseverante pour l'Auteur, n'est à le bien prendre, qu'un heureux hasard. L'Auteur s'est trouvé sans doute dans un de ces bons momens qui ne se retrouvent presque jamais & qu'il souhaitera peut-être en vain, lorsqu'il nous donnera quelque chose de meilleur & de plus formé que ces trois *embrions dramatiques*. Ce n'est point d'aujourd'hui que les discours de nos Savans m'ont appris que le Public ne se conduit point par principes. La preuve en est évidente par les *deux differens sorts qu'il a fait autrefois à* INE'S DE CASTRO, *&* *à* L'OEDIPE, Pieces parties toutes deux de la même source, & jugées parfaitement égales par tous les Gourmets. Cependant *le sort de l'une*[a] *a été tout brillant*, & le sort de l'autre plus humiliant encore que le Poëte ne l'avoit prédit dans ce fameux Sonnet prophetique en bouts rimés, que je crois que vous ne serez pas faché de voir ici, parce que je ne me souviens pas de vous l'avoir envoyé dans sa nouveauté, & ce seroit dommage que ce morceau singulier manquât au recueïl que

[a] Preface de la nouv. Tragedie de Pyrrhus.

vous faites des Pieces vraïement curieuses & singulieres. Le voici.

Ma piéce est à mes yeux sottise & *Disparate.*
Quels jugemens divers j'en forme en moins d'un *An.*
D'abord tout m'y sembloit or, azur, *Ecarlate.*
Pour l'immortalité c'étoit mon *Talisman.*

J'aurois presque pensé que dans mainte *Frégate.*
Elle m'eût amené l'Arabe & le *Persan.*
Qu'elle eût fait le sujet de plus d'une *Cantate.*
Et répandu ma gloire au bout de *L'Ocean.*

Prêt à la voir joüer, fleurs m'y semblent *Carottes*
Je crois voir le public qui me met les *Menotes.*
Et m'ôte les lauriers jusques au moindre *Brins*

J'étois blanc comme albâtre & je me trouve *Négre.*
De vermeil & de fort devenu pâle & *Maigre.*
Me voilà Dom-Quichote au lieu d'être *Membrin.*

Quel effort de génie, Monsieur, qu'un pareil Sonnet sur de telles rimes ! Quelle foule d'idées, qu'elles sont nobles ? ***Dom Quichote***, ***Albâtre***, ***Lauriers***, ***Fleurs***, ***Gloire***, ***Arabe***, ***immortalité***, ***Or***, ***Azur***, & ***sottise***, qui ***broche sur le tout.*** Quelle fecondité d'imagination ! Mais ce n'eſt point encore à moi à relever ici le *luſtre du brillant*, *& la perfection de la perfection même*, ni la modeſtie de l'Auteur & ſa juſte pénetration dans l'avenir. (Car ce Sonnet préceda de long-tems l'Oedipe.) Aidez-moi ſeulement je vous prie à découvrir la raiſon que put avoir le Public de traiter en moins *d'un an* d'une maniere ſi differente la même perſonne, qui avoit auſſi bien operé la ſeconde fois que la premiere, comme il fut trouvé dans le tems. Pour moi je tiens encore une fois que c'eſt pure fantaiſie au Public, c'eſt caprice, c'eſt bizarrerie, & j'en ſuis tellement perſuadé, que je me garderai bien de m'y expoſer jamais par quelqu'ouvrage *quelconque*. Je me borne à m'amuſer de ceux d'autrui, à cultiver avec vous le commerce Litteraire qui m'est si avantageux, & à vous faire part des nouveautés qui viendront à ma connoissance. C'est pour satisfaire à ce que vous exigez de moi à cet égard, que je vous donne avis que l'on met actuellement sous presse un Ouvrage important pour les Lettres. Je l'ai devoré Manuscrit, & il m'a charmé. C'est un petit Traité tout singulier de L'ART D'ALLER A FONDS dans la Poësie. L'Auteur original est l'ingenieux Docteur Swift. Le Traducteur est un homme de Lettres, celebre déja par plusieurs Ouvrages qu'il a traduit de l'Anglois. On prétend néanmoins qu'il n'entend nullement cette langue, mais la façon dont il se tire d'affaire à cet égard, marque autant la supériorité de son esprit, qui se met au dessus des minuties, que son ſtile fin , délicat , enjoué & cor-rect prouve ſon bon goût & ſa ſolide érudition. Il a , dit-on, quelques Ibernois ou Anglois indigens auſquels il fait dégroſſir la matiere ; enſuite il reprend leurs ébauches , & donnant l'eſſort au feu de ſon génie , il nous opere ces miracles Litteraires, qui nous charment & nous inſtruiſent également. De cette façon les ſaillies de ſon imagination ne ſont pas rallenties par le travail ennuyeux & péſant de la traduction ; & en effet de croire qu'il faille entendre une langue pour la bien traduire , c'eſt une erreur qu'il faut laiſſer aux genies ſubalternes , & aux Gens de Colleges. N'a-t-on pas vû de nos jours le plus celebre de nos Poëtes modernes, traduire & mettre en vers tout un Poëme Epique grec , en avoüant en même tems qu'il n'avoit jamais sçû de grec. Pour moi je veux traduire de la même façon au premier jour, de l'Arabe, les Fables de Locman & le Tograi, & faire voir qu'en toutes choses il n'y a que façon de s'y prendre.

Vous verrez donc avec plaisir, Monsieur, la nouvelle traduction de l'Anglois, que je vous annonce. C'est en verité & sérieusement parlant, une excellente & tout-à-fait ingénieuse Parodie du Traité du sublime de Longin ; & nos modernes, à l'usage desquels il est consacré y pourront, s'ils veulent, recuëillir une ample & riche moisson des plus excellentes regles. Dès qu'il paroîtra, je ne ferai faute de vous en dépêcher un Exemplaire, à condition que vous m'en direz votre sentiment & que vous me ferez part également de ce que vous ſaurez de nouveau & que vous croirez digne d'attention. Marquez-moi auſſi ce que vous penſez de mon ſtile & ſi vous trouvez qu'il ſe forme. J'ai profité comme vous voïez dans la lecture de nos Modernes.

Je ſuis avec toute l'amitié poſſible,

MONSIEUR,

Votre très-humble & très-obéiſſant Serviteur
Cl. P. G. du C. de G.

A Paris ce 20. Juillet 1729.

APPROBATION.

JE soussigné, Maître-ès-Arts en l'Université de Paris, ai lû par ordre de M. le Lieutenant General de Police *la Lettre d'un Garçon de Caffé au Souffleur de la Comedie de Roüen au sujet de la Piece des Spectacles*, dont on peut permettre l'Impression. A Paris ce 16. Septembre 1729.

Signé, PASSART.

Veu l'Approbation, permis d'imprimer le 16 Septembre 1729.

Signé, HERAULT.

Regiſtré ſur le Livre de la Communauté des Libraires & Imprimeurs de Paris, N. 1863. conformément aux Reglemens, & notamment à l'Arreſt de la Cour du Parlement du 3. Decembre 1705. A Paris le vingt-ſept Septembre mil ſept cent vingt-neuf.

Signé, P. A. LE MERCIER.

A PARIS,

De l'Imprimerie de PIERRE PRAULT,
1729.

www.ingramcontent.com/pod-product-compliance
Ingram Content Group UK Ltd.
Pitfield, Milton Keynes, MK11 3LW, UK
UKHW021521260726
13993UKWH00004B/1821

9 782019 978402